AF326429

VENTE

Du Lundi 6 Décembre 1897

HOTEL DROUOT, SALLE N° 1

A DEUX HEURES

ÉLÉGANT MOBILIER

Des Styles Gothique, Renaissance, Louis XV et Louis XVI

MEUBLES ANCIENS

BEAUX BRONZES D'ART & D'AMEUBLEMENT

Objets d'Art, Porcelaines de Saxe, de Chine et du Japon

TABLEAUX MODERNES

Tapisseries, Marbres

ARGENTERIE

Riches Tentures, Tapis d'Orient

Mᵉ G. DUCHESNE	**M. WIART**
COMMISSAIRE-PRISEUR	EXPERT AGRÉÉ PRÈS LES TRIBUNAUX
Rue de Hanovre, n° 6	Rue Rossini, n° 1

CHEZ LESQUELS SE DISTRIBUE LE PRÉSENT CATALOGUE

EXPOSITION PUBLIQUE

Le Dimanche 5 Décembre 1897

De 1 heure 1/2 à 5 heures 1/2

IMPRIMERIE MAULDE ET RENOU

MAULDE, DOUMENC & Cie

IMPRIMEURS DE LA COMPAGNIE DES COMMISSAIRES-PRISEURS

Rue de Rivoli, 144

CATALOGUE

D'UN

ÉLÉGANT MOBILIER

Des Styles Gothique, Renaissance, Louis XV et Louis XVI

BELLE SALLE A MANGER EN NOYER SCULPTÉ ET CIRÉ DE STYLE GOTHIQUE

TRÈS BELLE CHAMBRE A COUCHER

En acajou ciré, ornée de bronzes ciselés et dorés de style Louis XVI

JOLI MEUBLE DE SALON EN BOIS DORÉ, DE STYLE LOUIS XVI
RECOUVERT EN LAMPAS

PIANO A QUEUE EN PALISSANDRE D'ÉRARD

Chambre à coucher en noyer ciré de style Louis XV, Tables
Consoles, Bonheur-du-Jour, Marquises, Banquettes, Porte-Manteaux
Coffre-Fort de FICHET, Toilettes, etc.

MEUBLES ANCIENS

Commodes Louis XV, Louis XVI et Empire
Petit Meuble de salon en bois doré d'époque Louis XVI, Lit de milieu
Sièges Louis XVI, Armoire normande

BEAUX BRONZES D'ART ET D'AMEUBLEMENT

Groupes, Statuettes, Lustres
Suspension de salle à manger, Belles Garnitures de Cheminées
et de Foyer en bronze doré

OBJETS D'ART, PORCELAINES, TABLEAUX MODERNES, TAPISSERIES

Groupe en marbre de H. MOREAU, Bustes

ARGENTERIE

Jolie Garniture de toilette en vermeil ciselé de la Maison BOIN-TABURET
Important service d'argenterie de table de style Louis XVI, etc.

Riches Tentures en soie brochée, peluche et panne, Tapis d'Orient

DONT LA VENTE AURA LIEU

HOTEL DROUOT, SALLE N° 1

Le Lundi 6 Décembre 1897, à 2 heures

Mᵉ G. DUCHESNE	**M. WIART**
COMMISSAIRE-PRISEUR	EXPERT AGRÉÉ PRÈS LES TRIBUNAUX
Rue de Hanovre, n° 6	Rue Rossini, n° 1

EXPOSITION PUBLIQUE

Le Dimanche 5 Décembre 1897, de 1 heure 1/2 à 5 heures 1/2

D05412

CONDITIONS DE LA VENTE

Elle sera faite au comptant.

Les Acquéreui paieront CINQ CENTIMES PAR FRANC, en sus du prix d'adjudication.

Aucune réclamation ne sera admise une fois l'adjudication prononcée.

MAULDE, DOUMENC et Cie, imprimeurs de la Cie des Commissaires-Priseurs, rue de Rivoli, 144.   400—70512

DÉSIGNATION

—

ANTICHAMBRE

1 — Porte-Manteaux en noyer sculpté, style Renaissance, Patères en fer forgé.

2 — Banquette de même style, couverte en panne vert
d'eau.

3 — Deux Fauteuils en noyer sculpté, recouverts en
panne vert d'eau.

4 — Petit Meuble console en bois de noyer sculpté, de
style Renaissance. Travail italien.

5 — Table en noyer sculpté.

6 — Cigogne en bronze, travail japonais.

7 — Statuette en bronze *Le Penseur*, d'après MICHEL-
ANGE, sur socle en marbre vert de mer.

8 — Coffre-fort grand modèle de la Maison FICHET.

9 — Bahut à deux corps, en noyer sculpté, époque
Louis XIII.

10 — Grand Miroir Louis XIII. Cadre en ébène.

11 — Fauteuil Louis XIII, recouvert en soie.

12 — Table en noyer sculpté, Louis XIII.

13 — Deux Escabeaux en noyer sculpté et incrusté. Travail dit Certosine.

14 — Chaise recouverte en tapisserie au petit point.

15 — Tapis en moquette.

SALLE A MANGER

16 — Beau Mobilier de salle à manger en bois de noyer finement sculpté dans le style gothique, composé de :

    Un grand Buffet à deux corps formant crédence.
    Un Dressoir, dessus de marbre rouge à étagère.
    Douze Chaises couvertes en cuir.
    Et une Table carrée avec allonges.

17 — Très élégante Suspension en bronze doré à huit lumières, disposée pour le gaz.

18 — Paire de Landiers en fer forgé, de style gothique.

19 — Garnitures de deux Fenêtres et huit Portières en panne verte.

20 — Quatre Vitraux formant deux Fenêtres, signés CHAMPIGNEULLE.

21 — Une grande Carpette d'Orient.

22 — Un Tapis en moquette.

GRAND SALON

23 — Beau Meuble de salon en bois doré couvert en lampas fond crème à rayures de style Louis XVI, composé de : un Canapé, quatre Fauteuils et quatre Chaises.

24 — Petite Banquette bois doré, garnie en même étoffe.

25 — Petit Canapé-Marquise en bois doré, garni en même étoffe.

26 — Tentures et Décors de deux Croisées, plus six Portières en lampas fond crème. Style Louis XV.

26 *bis* — Tenture et Décoration d'une grande Baie avec draperie brodée sur peluche de soie.

27 — Six demi-Rideaux en soie crème.

28 — Tentures murales de la pièce.

29 — Très intéressant Groupe en bronze : *La Nuit*, par CARPEAUX, sur socle en marbre vert de mer avec listel de bronze doré.

30 — Deux paires de Vases de style Louis XV, en granit d'Égypte, garnis de bronzes dorés finement ciselés. (Modèle de CAFFIERI).

31 — Paire de beaux Chenets bronze doré. Style Louis XVI.

32 — Joli Lustre à 24 lumières, en bronze finement ciselé et doré. (Travail de la maison THIÉBAULT).

33 — Paire de grandes Lampes montées en bronze doré, disposées pour le gaz.

34 — Deux Gaines en marbre onyx, garnies de bronzes.

35 — Écran en bois doré garni de soie. Époque Louis XV.

36 — Très béau Piano à queue, en palissandre, de PLEYEL.

37 — Beau Groupe en marbre blanc, par Hippolyte MOREAU : *La Protection*.

39 — Buste de jeune Fille, en marbre blanc, de Carrier-Belleuse.

40 — Petite Table en bois doré finement sculpté, dessus en marbre campan.

41 — Console forme demi-lune, en bois doré Louis XVI. Dessus en marbre blanc.

42 — Petit Guéridon en acajou cannelé de cuivre, dessus en marbre brocatelle.

43 — Beau Groupe en bronze : *l'Amour et l'Amitié*, de la maison Raingo.

44 — Deux Portes garnies de petites glaces de style Louis XVI.

45 — Tapis en moquette.

SALON, GALERIE

TABLEAUX

46 — **Baillet** (Er.) Le Marché de Lannion.

47 — **Géry** (Armand). L'Étang des Saules.

48 — **Lemaître** (Alexis). Sujet breton.

49 — **Malfroy**. Quai dans un port du Midi.

5o — **Malfroy**. Paysage maritime.

5 1 — **Malfroy**. Paysage.

5 2 — **Polack** (Ferdinand). La Manufacture de Cigarettes à Séville.

53 — **Polack** (Ferdinand). Le Torero vainqueur.

54 — **Polack** (Ferdinand). Jeune Fille.

55 — **Rouby** (A.). Lilas et Violettes.

56 — **Rodelin**. Paysage.

57 — **Stévens** (A.). La Baie de Menton.

58 — **Stévens** (A.). Monte-Carle.

59 — **Washington.** Groupe de Cavaliers arabes.

60 — **Watteau** (Genre de). Enfants jouant avec une Chèvre.

61 — Pastel : Portrait de Femme.

62 — Très beau Buste en marbre blanc : Jeune Femme Louis XV, sur socle en marbre bleu turquin.

63 — Tapisserie flamande à sujet mythologique encadré de bordure. H. 3^m ; L. 3^m90.

64 — Tapisserie de Bourges, du temps de la Renaissance, sujet champêtre à petits personnages, jolie bordure à fleurs et fruits. H. 2^m40 ; L. 3^m20.

65 — Tapisserie Renaissance à sujet biblique encadré de bordure. H. 2^m80 ; L. 3^m20.

66 — Joli Meuble de salon en bois doré d'époque Louis XVI, recouvert en soie moderne, composé de : un Canapé, deux Fauteuils et deux Chaises.

67 — Bahut hollandais incrusté de personnages.

68 — Encoignures en bois des îles, ornée de bronzes.

69 — Encoignure hollandaise, décorée de peintures.

70 — Soufflet hollandais.

71 — Deux Fauteuils Louis XIV, garnis de canne dorée.

72 — Petite Table pliante en acajou, garnie de cuivre.

73 — Baromètre en acajou du temps de l'Empire.

74 — Paire de Cornets en cuivre poli, à chimères.

75 — Petit Meuble de salon en noyer sculpté, rehaussé d'or, couvert en soie fond rouge, composé de : un Canapé, deux Fauteuils et deux Chaises.

76 — Causeuse à trois places analogue au meuble précédent.

77 — Selle en laque du Japon, avec étriers.

78 — Table à thé, pied forme X, dessus en laque.

79 — Chevalet en noyer sculpté.

80 — Petite Vitrine de forme cintrée, en acajou, garnie de cuivres, style Louis XVI.

81 — Six Chaises garnies en cuir.

82 — Lustre en bronze doré à 12 lumières.

83 — Lustre en bronze doré.

84 — Deux Flambeaux en fer forgé.

85 — Vase en barbotine, monté en bronze.

86 — Paire de Chenets en bronze.

87 — Papeterie en bronze poli.

PREMIÈRE CHAMBRE A COUCHER

88 — Très beau et très élégant Mobilier de chambre à coucher, en acajou naturel ciré, garni de guirlandes

de fleurs et d'ornements en bronze, finement ciselés et dorés dans le style Louis XVI, composé de :

> Une Armoire à trois vantaux, celui du milieu à glace, avec intérieur garni de tiroirs à bijoux.
>
> Un grand Lit de milieu avec literie et baldaquin et deux Tables de nuit.

89 — Deux Décorations de croisées, une Décoration de lit, six Portières en soie brochée à rayures sur fond crème, avec parties en peluche rubis.

90 — Tenture murale en même étoffe.

91 — Chaise longue couverte de peluche.

92 — Deux Fauteuils garnis en peluche.

93 — Deux Chaises en noyer, recouvertes en soie.

94 — Belle Commode en marqueterie, garnie de bronzes dorés, époque Louis·XV.

95 — Table à jeu en acajou, garnie de cuivres, style Louis XVI.

96 — Bureau de Dame (dit bonheur du jour) en acajou, garni de cuivre.

97 — Table pliante en bois rose et thuya.

98 — Ecran en bois de noyer, style Louis XVI, garni de tapisserie au point.

99 — Jolie Garniture de cheminée en bronze ciselé et doré, de style Louis XVI, composée d'une Pendule surmontée d'un groupe d'amours et deux Candélabres.

100 — Grande Carpette d'Orient.

101 — Tapis en moquette.

DEUXIÈME CHAMBRE A COUCHER

102 — Chambre à coucher, en noyer sculpté et ciré, de style Louis XV, composée, d'un Lit à fronton sculpté, avec sommier, d'une Armoire à glace [biseautée et d'une Table de nuit.

103 — Meuble étagère en bois des îles, à double rangée de tiroirs, orné de bronzes ciselés et dorés, dessus en marbre onyx.

104 — Grande Armoire normande, en noyer sculpté, époque Louis XIV.

105 — Commode en acajou, époque Louis XVI.

106 — Lit de milieu en bois sculpté et doré, époque Louis XVI.

107 — Canapé-Lit-Divan.

108 — Cinq Fauteuils en bois doré, du temps de Louis XVI.

109 — Commode en bois rose et marqueterie ornée de bronzes. Époque Louis XVI.

CABINET DE TOILETTE

110 — Grande Toilette en chêne blanc à double cuvette, dessus en marbre griotte.

111 — Glace à coiffer sur pied nickelé.

112 — Miroir de style Louis XV et deux Candélabres en bronze argenté.

113 — Paire de Lampes chinoises disposées pour le gaz.

114 — Garniture de cheminée en bronze, de style rocaille, composé d'une Pendule et de deux Candélabres.

115 — Armoire à linge à deux portes en bambou.

116 — Grande Armoire à linge en chêne, ouvrant à quatre portes.

ARGENTERIE

117 — Ravissante Garniture de toilette en vermeil ciselé et cristal gravé. Travail de la Maison BOIN-TABURET, composée de :

> Deux Boîtes à poudre,
> Deux Brosses à cheveux,
> Une Brosse à habit,
> Une Brosse blaireau,
> Une Brosse à chapeaux.
> Une Brosse à mains.

118 — Important Service d'argenterie de table, de style Louis XVI, composé de :

> Vingt-quatre Couvert de table,
> Vingt-quatre Couverts à entremets,
> Vingt-quatre Cuillers à café,
> Une Cuiller à potage,
> Vingt-quatre Couteaux de table,
> Vingt-quatre Couteaux à dessert.
> Vingt-quatre Couteaux à dessert à lames d'argent,
> Une Pince à sucre,
> Une Pelle à fraises,
> Une Cuiller à sucre,

Un Service à glace,
Un Service à poisson,
Un Service à découper,
Un Couvert à salade,
Un Service à hors d'œuvres
Douze Fourchettes à huîtres,
Une Pince à asperges,
Un Manche à gigot,
Un Ciseau à raisin,
Un Service à bonbons,
Douze Pelles à glaces.

119 — Trois Couverts de table avec leurs couteaux.

120 — Trois Couverts à dessert avec leurs couteaux.

121 — Service à dessert en argent ciselé et gravé, composé de :

Une Cuiller à fraises,
Une Cuiller à sucre,
Une Pince à sucre,
Une Cuiller à compote.

122 — Douze petits Verres à liqueurs en cristal taillé, montés en argent.

123 — Deux Salières en argent, de style Louis XV.

124 — Trois Porte-Menus en argent, modèle à écussons et rinceaux.

125 — Rond de serviette en argent, à décor en relief.

126 — Plateau de service en métal argenté.

127 — Petit Plateau à lettres, en métal argenté.

RED. :

19

379.89.70
graphicom

MIRE ISO N° 1
NF Z 43-007
AFNOR
Cedex 7 - 92080 PARIS-LA-DÉFENS

BIBLIOTHEQUE
NATIONALE
DE FRANCE

****

CHATEAU
DE
SABLE
1996

www.ingramcontent.com/pod-product-compliance
Lightning Source LLC
LaVergne TN
LVHW021455060726
842527LV00006B/2255